love.

love.

love.

Love.

Love.

Love.

LOVE

WRITTEN & ILLUSTRATED BY

PARK KWANG SOO

PROLOGUE

PROLOGUE

사랑이 내게 묻는다.
나에게 자신은 무엇이냐고.
서른 즈음의 나는 대답한다.

"비록 내 두 발이 진흙에 빠져 있어도
맞잡은 이의 손아귀 힘을 느끼며 밤하늘의 별을 바라보는 것.
가기 힘든 길도 가기 쉽게 만드는 것이 사랑."

사랑이 내게 묻는다.
나에게 자신은 무엇이냐고.
마흔 즈음의 나는 대답한다.

"쓰나미 같은 것,
내가 가진 모든 것을 전복시키는 것이 사랑."

사랑이 내게 묻는다.
나에게 자신은 무엇이냐고.
쉰 즈음의 나는 대답한다.

"빛이 전혀 들어오지 않는 어두운 방 안에 홀로 앉아서
주머니를 뒤져보니 성냥갑이 하나 만져지고
주머니에서 꺼낸 성냥갑을 열어 손으로 더듬어 살펴보니
안에는 외로운 성냥 한 개비만이 남아있다.
조심스럽게 성냥을 황에 그어대고 켜니 어두웠던 방안은 일시에 환해지고
성냥불이 꺼질 때까지 나는 오직 성냥만을 바라본다.
'나'라는 작은 방안을 환히 비추는 불빛,
그리고 그 불빛이 저 혼자서 사그라질 때까지 그 불만 쳐다보는 것,
그것이 사랑."

지난 시절 만화나 글로 집착적이다 싶을 만큼 사랑에 관해 쓰고 그려왔다.
그런 나에게서 스스로 한 발짝 뒤로 물러나 나를 바라보면 스스로 몰랐던
어떤 결핍이 느껴진다. 어떤 결핍에서 발화한 것인지는 알 수 없으나
유난스럽게 참 많이 사랑했고, 참 많이 이별했다.
혼자서 누군가를 좋아했던 숱한 나날들이 있었으며,
누군가를 애태우게 했던 숱한 날들 또한 있었을 것이다.
그렇게 서툴게 사랑하고 이별하며 제 삶에 스스로 생채기를 냈다.

사랑은 참 좋은 것이다.
상처를 주기도, 상처를 받기도 하지만

삶에 사랑만큼 좋은 일이 어디 있겠는가?

사랑은 화가의 그림 같다.

아직 아무것도 그려지지 않은 순백의 캔버스를 마주하고,

뛰는 가슴을 억누르며 붓을 든 화가는 늘 일생일대의 작품을 그려내고 싶어 한다.

하지만 인연이 원한다고 오는 것이 아닌 것처럼,

화가가 제아무리 심혈을 기울여도

원할 때마다 자신이 원하는 멋진 작품을 그려낼 수는 없다.

원대한 마음으로 시작했지만 어디에 꺼내 놓을 수도 없을 만큼 졸작이 되기도 하고,

무심한 마음으로 캔버스에 찍은 점 하나로 시작한 그림이

그 화가의 평생의 대표작이 되기도 한다.

어떤 사랑이 옳은가?

어떤 사랑이 맞는가?

또 어떤 사랑이 잘못되고

사랑이 아닌 사랑이 어디 있더냐.

사랑은 오직 사랑이며

사랑은 오직 저 하나로 꿋꿋하다.

2016. 11. 광수

이루어
진다

이루어지지
않는다

이루어지지
않는다

이루어
진다

꽃 점이야
어떻게 나왔든
사랑이 이루어지길
바라는 간절한
내 마음.

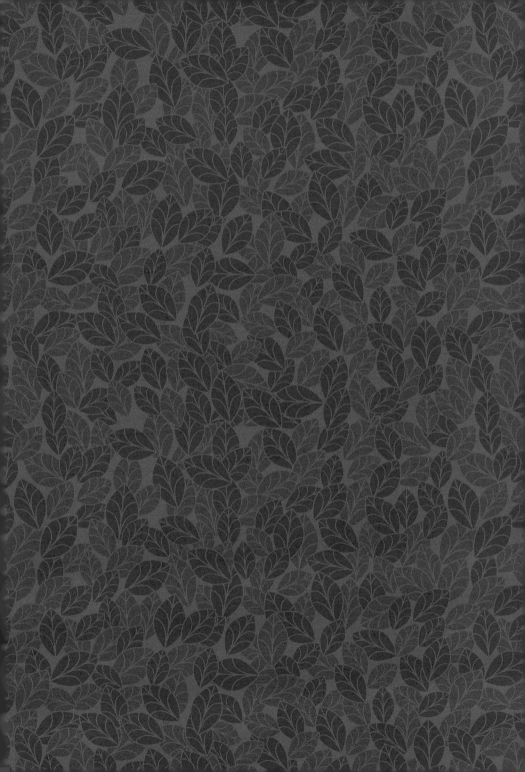

봄,

우연히 봄

나는
너를
봄이라고
불렀고
너는
내게 와서
봄이 되었다

우리 서로
사랑하면
살아서도
죽어서도
언제라도
봄

이해인, 〈봄의 연가〉 중

Love

나에게 다가오던 별이 있었다.
내 품안에 스러지던 별이 있었다.
지상에도 별이 있다는 것을
그때 처음 알았다.

정채봉, 〈그때 처음 알았다〉 중

Love

너를 본 순간
그동안 살아온 인생이
갑자기 걸레였고
갑자기 시커먼 밤이었고
너는 하이얀 대낮이었다.

이승훈, 〈너를 본 순간〉 중

+ PARK KWANG SOO

당신을 처음 봤던 날.

사실 난 감추고는 있었지만 두려웠어요.

'당신으로 인해 내 인생이 파멸을 맞이할 것'이라는

불길한 예감이 내 머릿속에 순간 스쳤거든요.

당신을 만나기 전의 나는 세상 거의 모든 사람들이 그랬던 것처럼

두려움을 피해 걸었어요. 두렵다는 감정은 다가가기 싫다는 감정이기도 하니

피할 수만 있다면 피해서 걷는 일이 당연한 일이겠지요.

그런 내가 처음으로 '당신이라는 두려움'을 향해 피하지 않고 뚜벅뚜벅

걸어가고 있는 나를 발견하곤, 아니 정확히는 파멸을 향해 걸어가고 있는

불온한 나의 모습에서 불길한 나의 미래가 보였어요.

그건 마치 어린 시절 롤러코스터 앞에서 두려움에 올라타기를 망설이는 마음과,

그 두려움과 맞서는 알 수 없는 끌림 같은 것이었지요.

어린 시절 탔던 롤러코스터는 그 속도가 너무 빨라서 두려움과 쾌감을

채 느끼기도 전에 주로를 돌아 처음 출발했던 곳으로 돌아와 있었어요.

두려웠던 만큼 쾌감이 크진 않았고 후회를 느낄 만큼의 긴 시간도 걸리지 않았어요.

누군가에게 "나도 타 봤어."라고 말할 정도의 아주 작은 경험만이 남아있었죠.

그때와 같지 않을 거예요.

이번 롤러코스터는요.

"이정우는
삼 년째
나를
'김하나'라고
부른다.

내 이름은
김한아다.

짝사랑이란
늘 이 모양인 것이다."

백영옥, 〈아주 보통의 연애〉 중

love

+ PARK KWANG SOO

지금 그 아이의 이름은 말할 수 없지만

작은 키에 얼굴은 동그랗고 큰 눈을 가졌고, 미소를 지을 땐

눈이 정말로 실처럼 가늘어지며 가늘어진 그 눈 안에 뭔가 반짝하며 빛이 나서

그 아이의 눈에 별빛이 머무른다는 착각을 혼자서 하곤 했다.

그래서 간혹 그 아이가 미소 지으며 날 부를 땐 정신이 아득해지며

밤하늘의 별빛을 보는듯한 기분이 들기까지 했다.

시간이 한참 흐른 뒤에 생각해보니 그게 내 첫사랑. 그게 내 첫 짝사랑이었다.

난 그 아이가 좋았었다.

작은 키도, 도톰한 입술도, 지금 보면 촌스럽다고 느낄 찰랑찰랑한 바가지 머리도,

그리고 누가 지었는지 모르지만 흔하고 흔한 그 아이의 이름까지도 좋았다.

그 아이는 또래보다 작은 키라서 교실 책상 맨 앞에 앉아 있었고.

그 아이의 뒷모습을 수업 시간 내내 바라보는 것이 내 일과였으며 큰 기쁨이었다.

그렇게 그 아이를 좋아했지만 난 그때 아주 수줍음이 많은 소년인지라

고백 따위는 생각도 못 했을뿐더러 그런 내 마음을 행여 그 아이가 알까봐

부끄러워하며 그저 늘 그 아이의 주변을 맴도는 수많은 위성 중

또 하나의 위성에 불과했다. 그렇게 마음앓이를 하던 어느 날.

내가 그 아이를 좋아한다는 사실을 알아차린 같은 반 개구쟁이 친구가

자신에게 그 아이의 환심을 살 수 있는 묘수가 있다며 내게 어떤 방법을 제안했다.

"그 아이한테 가서 '짱깨 하나 우동 둘'이라고 말해봐.

그럼 너한테 관심을 가질 거야."

왜 그 아이 앞에서 그런 말을 하면 환심을 살 수 있는지 녀석에게 여러 번 물었지만,

녀석은 그저 실실 미소만 지으며 그저 해보라고 내게 권할 뿐이었다.

어리숙한 위성은 그녀의 환심을 사기 위해 그 바보 같은 짓을 하기로 마음먹었고

며칠이 지나지 않아서 그 아이 앞에서 녀석이 시킨 대로 하는 나를 볼 수 있었다.

그 바보 같은 짓을 결행에 옮긴 이유는 '어차피 이렇게 수많은 위성 중에 하나로

지내느니 어떻게든 그 아이의 관심을 끌어보자'는 절벽 끝에 선 절박한 마음에서였다.

그날의 나는 온종일 그 아이에게 그 말을 할 기회를 살폈고

그 아이가 점심시간에 도시락을 먹고 학교 운동장을 혼자 앉아있는 모습을

발견하곤 달려가 가쁜 숨을 몰아쉬며 사랑이 이루어지는 주문처럼 그 아이에게

"짱깨 하나 우동 둘"이라고 외쳤다. 그 말이 어떤 주문인지는 몰랐으나

주문이 통했는지 그 아이는 내 말을 듣자마자 순간 얼굴이 불덩이처럼

빨갛게 달아올랐고, 잠시 잠깐 나를 쏘아보던 큰 눈에서 커다란 눈물을 쏟아졌다.

그리곤 벌떡 일어나서 나를 밀치고 교실로 뛰어들어갔다.

그날 이후 그 아이는 내게 단 한 번도 말도 걸지 않았음은 물론이고

가끔 보여주던 별빛을 담은 눈웃음을 나만은 다시 볼 수 없었다.

그 사건이 있은 며칠 후에 그 아이의 부모님이 '천일향'이라는 중국요리 집을

운영한다는 것을 그 아이의 친한 동성 친구를 통해 들으며 왜 그런 짓을 했냐고

타박을 들었고, 그 아이는 어린 마음에서인지 부모님이 중국요리 집을 한다는 것을

부끄러워해서 아주 친한 친구들 외에는 비밀로 하고 있었다는 것도 그 날 들어서

알게 되었다. 결국 그 일로 그 주문을 알려준 개구쟁이 친구 녀석과는 주먹다짐까지

하게 되었지만 내 첫사랑은 내 바보 같은 행동으로 시작도 하기 전에 끝나버렸다.

저 혼자 뜨거워

그 뜨거움에

내가 데인 상처, 짝사랑.

만약,
꽃이 한번 피고
영영질 줄
모른다면
그때도
아름답게
보일까

Love

김순선, 〈저, 빗소리에〉 중

꽃이 피었다고
너에게 쓰고
꽃이 졌다고
너에게 쓴다.
너에게 쓴 마음이
벌써 길이 되었다.
길 위에서
신발 하나
먼저 다 닳았다.

천양희, 〈너에게 쓴다〉

Love

중력. 중력 때문에 땅에 설 수 있지.

우주에는 중력이 전혀 없어.

발이 땅에 붙어있지 못하고 둥둥 떠다녀야 해.

사랑에 빠진다는 게 바로 그런 느낌일까?

조쉬 브랜드

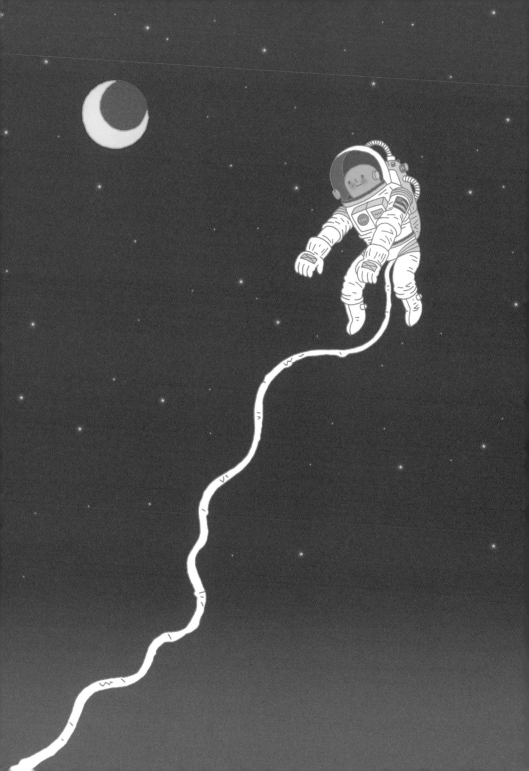

당신의 꿈 속으로 들어가기 위해서는
일단 내 꿈 밖으로 나가야 하는데,
내가 꿈 밖으로 나가면
당신을 꿈꿀 수 없으므로
낭패가 아닌가요.

서대경, 〈정어리〉

사랑에는 한 가지 법칙밖에 없다.

그것은

사랑하는 사람을 행복하게 하는 것이다.

스탕달

만유인력은
사랑에
빠진 걸
책임지지
않는다.

알버트 아인슈타인

Love

Love

"바라보는 것만으로도

좋아서

가질 생각도

못했다."

영화 〈가장 따뜻한 색 블루〉 중

매일
행복하진
않지만,

행복한 일은
매일 있어!"

곰돌이푸

love

마음속에 행복한 기대를 안고 보낸 시간이

성공을 이룬 시간보다 더 즐겁다.

올리버 골드스미스

드라마 〈굿바이 솔로〉 중

항상 차가웠다,
당신만 보면
녹아버리는
나는.

+ PARK KWANG SOO

괜찮아요.
나란 사람
애초에 그렇게 쓰이려고
만들어진 사람이에요.

당신이 내게 아무것도
내어주지 않는다며
내게 미안해하지 마세요.

애초에 당신께 그렇게
쓰이려고 만들어진 사람.

나란 사람.

부디 먼저 사랑하고

더 나중까지 지켜주는 이 됩시다. *Love*

김남조, 〈가고 오지 않는 사람〉 중

사랑만으로는 충분치 않아요.
사랑은 토대, 주춧돌이 되어야지,
완성된 건축물이 되어서는 안돼요.
사랑은 너무나 잘 허물어지고
구부러지게 쉽거든요.

베티 데이비스

내가
그다지
사랑했던
그대여

내 한평생에
차마 그대를
잊을 수
없소이다.

내 차례에
못 올
사랑인 줄은
알면서도

나 혼자서
꾸준히
생각하리다.

자 그러면
내내
어여쁘소서

이상, 〈이런 시〉

Love

진정한
발견이란,
새로운
땅을 찾는 것이
아니라

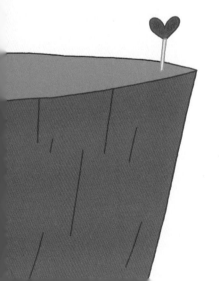

새로운
시각을
갖는
것이다.

마르셀 푸르스트

+ PARK KWANG SOO

그 시절의 당신은 아르헨티나
축구 국가대표 리오넬 메시 같았어요.
수비가 아무리 많고 견고해도
한번 씽긋 웃고는 악착같은 수비수 사이를
제집 안방마냥 헤집고 상대편 골문에
너무나 쉽게 골을 밀어 넣고야 마는 당신.

내 마음 한복판을 이리저리로
휘저으며 당신 마음대로 뛰어다니던
그 시절 당신은 내게 리오넬 메시.

막으려고 해도
막을 수 없던.

love

냉장고
같은 사람,
무뚝뚝하지만
속은 환한,

그 환함 속에
온갖 것을
다 품고 있는
그런 사람.

Love

최갑수, 장연정, 〈안녕 나의 모든 순간들〉 중

네가 웃을 때면 내 중심은 움직인다.

그때의 나는 온전히 너를 위한 배경이고 싶다.

나는 가장 밝은 너를 위한 배경 정도면 된다.

김민준, 〈계절에서 기다릴게〉 중

Love

+ PARK KWANG SOO

외국의 어느 뒷골목에 있는
작은 식당에 둘이 앉아
이름도 처음, 모양도 처음인
음식을 시켰다.
용기 있는 내가 먼저 한 숟가락을
푹 떠서 입으로 가져간다.
맞은편에 앉아있던 나머지 하나가
궁금한 표정으로 내게 묻는다.
"맛이 어때? 어떤 느낌이야?"
난 대답한다.
"처음 먹어보는 맛."

사랑이 그렇지.
그 오묘함을 말과 글로
상대방이 알 수 있게 정확히
설명해낸다는 것은 불가능해.
당신도 빠져서 허우적대봐야
겨우 알 수 있는 것.

너를 무어라고 이름 지으면 좋을까?
꽃이라고 부르면 너는 벌써 꽃이 아니고
시라고 부르면 너는 벌써 시가 아니어서
나는 끝끝내 네 이름을 짓지 못하고 산다.

나태주, 〈너를 무어라고〉 중

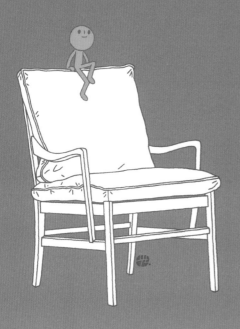

새로 산 드레스도
새로 나온 초콜릿도
며칠만 지나면
싫증이 나는데
당신은 아직 한 번도
싫증 난 적이 없습니다.
오래된 포도주나
맛있는 디저트도
매일 먹으면 지겨운 법인데
당신은 매일매일 같이 있습니다.

버지니아 울프, 〈이런 사랑〉

Love

+ PARK KWANG SOO

이 제
그 만.

익숙한 행복이 지겨워
신선한 불행을 좇지 말 것.

Love

여름,
멈추지 않는 소나기

LOVE

당신이 문득 그 별을
보게 된 거라고 생각하죠?
별이 당신을 발견하고
비춘 거예요.

은희경, 〈생각의 일요일들〉 중

LOVE

너무 갑갑해서 나왔다...
그날 참 재미있었어...
근데 그날 어디서 이런 물이 들었는지
잘 지지 않는다.

소녀가 분홍색 스웨터 앞자락을 내려다 본다.
거기에 검붉은 진흙물 같은 게 들어 있었다.
소녀가 가만히 보조개를 떠올리며,

그래 이게 무슨 물 같니?

소년은 스웨터 앞자락만 보고 있었다.

내 생각해 냈다.
그날 도랑을 건너면서
내가 업힌 일이 있지?
그때 네 등에서 옮은 물이다.

소년은 얼굴이 확 달아 오름을 느꼈다.

황순원, 〈소나기〉 중

사랑,

그것은
지상의 꽃과는

전혀 다른 방식으로
빛나며

전혀 다른 향기를
흩뿌리는

하늘의
꽃이다.

알렉상드로 뒤마 페르

봄물보다 깊으니라
갈산보다 높으리라
달보다 빛나리라
돌보다 굳으리라
사랑을 묻는 이 있거든
이대로만 말하리

한용운, 〈사랑〉

당신을 만나고
당신이란 바다에서
아직도 행복하게
표류중입니다.

Pooh

푸우 :
피글렛,
사랑은
어떻게
쓰는 거야?

PigLet

피글렛 :
사랑은
쓰는 게
아니야.
느끼는 거지.

만약에
사랑에도
유효기간이 있다면
나의 사랑은
만년으로──
하고 싶다.──

영화 〈중경삼림〉 중

무너지지만 말아라.
넌
조금
기울어져
있어도
변함없이
멋있어

LOVE

윤재형, 〈피사의 사탑〉 중

누군가에게 깊이 사랑받으면
힘이 생기고,

누군가를 깊이 사랑하면
용기가 생긴다.

노자

LOVE

"이 순간을 넘어야, 다음 문이 열린다."

- 손영희 (여자 역도, 23)

"겁이 많아 머뭇거리거나 적극적이지 못한 사람에겐
모든 것이 불가능하다. 왜냐하면 그들에겐 모든 것이
불가능한 것처럼 보이기 때문이다."

- 심지헌 (여자 배드민턴, 25)

"누군가에 대한 사람들의
믿음, 기대, 예측이 대상에게 그대로 실현되는 것을
피그말리온 효과라고 한다."

- 오혜리 (여자 태권도, 28)

"꿈의 세계에서 사는 사람들이 있다.
현실을 직시하는 사람들이 있다.
그리고 꿈을 현실로 바꾸는 사람들이 있다."

- 황선아 (여자 펜싱, 27)

"벼랑 끝에 설 수 있는 용기. 누구에게도 지지 않는다는
마음. 올림픽 금메달에 대한 간절함. 한다. 해낸다."

- 류한수 (남자 레슬링, 28)

"처음부터 잘되는 일은 아무것도 없다.
반복되는 실패는 성공으로 가는 이정표이다.
당신이 실패하지 않을 수 있는 유일한 길은
아무런 시도도 하지 않는 것이며 사람들은
실패하면서 성공을 향해 나아간다."

- 유소정 (여자 핸드볼, 20)

+ PARK KWANG SOO

LOVE

이 말은 2016년 브라질 리우올림픽에 출전하는 한국 선수들이
금메달을 염원하며 누군가의 말을 인용하여 인터뷰한 내용이다.
재미있는 것은 그들이 염원하는 '금메달'이란 단어와 '사랑'이란
단어를 맞바꾸어도 인터뷰는 전혀 어색하지 않다.
올림픽에서 금메달을 따도 세상을 다 가진 것 같고,
사랑이 이루어져도 세상을 다 가진 것 같은 기분이다.

사랑이 그렇다.
올림픽 금메달만큼이나
어렵고 힘든 일이다.

단지 조금 이상한 병처럼

단지 조금 이상한 잠처럼

강성은, 〈단지 조금 이상한〉 중

+ PARK KWANG SOO

그가 앓고 있는 병의 증상은
세상이 볼록해 보이기도 하고
때로는 오목해 보이기도 한다.
우리가 그것을 '병'이라고
지칭하는 이유는. 어떻게 봐도
세상이 올바로 보이지 않기 때문이다.

그는 '사랑'이라는
유리병 안에 갇혀서
세상을 보고 있다.
그 안에서는 세상이
올바르게 보이지 않는다.

LOVE

마음의 출입문에
나는 써 붙였다.
'출입금지'라고.
하지만 사랑이
웃으며 들어와
큰소리쳤다.

"제가 들어가지 못하는 곳은
어디에도 없습니다"

허버트 쉽맨

나이가 들어도 사랑을 막을 수 없어요.

하지만 사랑은 눈물를 어느 정도 막을 수 있죠.

잔느 모로

"어떤 일이 생길지
모르지만,
너와 함께라서
기뻐..."

영화 〈델마와 루이스〉 중

+ PARK KWANG SOO

우리 그럽시다.
늙어 눈이 어두워져서
세상의 모든 것들이 희미해져도
눈을 맞추며 사랑합시다
사랑한다고 말하며 삽시다.

우리 그럽시다.
늙어 다리에 힘이 없어
지팡이에 의지하며 세상을 걸어도
하루에 한 번 사랑하는 이의 손을 잡읍시다.
사랑해요 사랑합니다 평생 그러며 삽시다.

늙어 세상의 것 다 잊어버려도
우리가 사랑했다는 우리가 사랑한다는
그 마음 잊지 말고 삽시다.

LOVE

아버지도 아니고 오빠도 아닌
아버지와 오빠 사이의 촌수쯤 되는 남자
내게 잠 못 이루는 연애가 생기면
제일 먼저 의논하고 물어보고 싶다가도
아차, 다 되어도 이것만은 안 되지 하고
돌아누워 버리는
세상에서 제일 가깝고 제일 먼 남자
이 무슨 원수인가 싶을 때도 있지만
지구를 다 돌아다녀도
내가 낳은 새끼들을 제일로 사랑하는 남자는
이 남자일 것 같아
다시금 오늘도 저녁을 짓는다

그러고 보니 밥을 나와 함께
가장 많이 먹은 남자
전쟁을 가장 많이 가르쳐준 남자

문정희, 〈남편〉

당신께
내 마음
한 조각.

사랑이 있기 때문에
세상은 항상 신선하다.
사랑은 인생의 영원한 음악으로
청년에게는 빛을 주고,
노인에게는 후광을 준다.

사무엘 스마일스

LOVE

겁쟁이는
사랑을 드러낼
능력이 없다.
사랑은
용기 있는 자의
특권이다.

마하트마 간디

+ PARK KWANG SOO

가보지도 않고 가본 척,
해보지도 않고 해본 척.
맛보지도 않고 맛본 척,
빠져보지도 않고 허우적대는 척.

세상도 사랑도 직접 경험해보지 않고
상상만으로는 정확히 알 수 없어.
가보고, 해보고, 먹어보고, 빠져보며
그렇게 몸으로 직접 부딪혀 봐야 조금 알아.
단맛인지 쓴맛인지 죽을 맛인지
'척'으로는 알 수가 없어.

알고 싶다면 작은 용기를 내서
내 몸을 그곳에 던져봐야 해.

LOVE

너를 만나기 위해
이 모든 일을
다시 겪으라면,
나는 그렇게 할거야.

장강명, 〈그믐, 또는 당신이 세계를 기억하는 방식〉 중

2016년 6월 러시아 상트페테르부르크에서
열린 B20(비즈니스20) 포럼에 참가한
중국 최대의 전자상거래업체 알리바바의 마윈 회장이
자신의 회사인 알리바바 창업은 자기 인생의 최대실수라고 말했다.
자신은 작은 회사를 하나 운영하고 싶었을 뿐인데
이렇게 큰 기업이 될 줄 생각하지 못했고, 다시 삶이 주어진다면
이런 사업을 하지 않을 것이며, 세계 어느 나라라도 마음대로 가서
평온하게 하루를 보냈으면 하는 마음과 사업 이야기를 하지 않고
일도 하지 않았으면 좋겠다는 바람을 말했다.
자신이 만든 사업이 자기 삶의 너무 많은 것들을
바꾸어 버렸다고 불평을 토로하며 후회했다고 한다.
이런 내용의 기사를 본 작은 회사의 사장님과 그 밑에서
월급을 받아 하루하루 삶을 연명하는 월급쟁이들은
'지금 장난하냐?'라는 생각이 들 것이다.

하지만 마윈이 그랬던 것처럼
잘 생각해보면 당신도 그러했다.
처음엔 불장난처럼 시작한 사랑이
당신의 생각과 달리 그렇게 커질
것이라곤 생각 못 했을 테니 말이다.

LOVE

나는
이쁘지고
크지도 없고,
욕깐 불안하기도 해요.
실수도 하고,
국제불능이다가
다루기 힘들 때도 있죠.
하지만
내가 가장 최악일때
당신이 나를 감당할수 없다면,
최상일 때의 나를
가질 자격도 없어요 .

마릴린 먼로

사랑에는
날카로운
이빨이
있으며,

그 이빨에
물린 상처는
영원히
치유되지
않는다.

스티븐 킹

LOVE

단지 누구를
사랑한다고 해서
무조건 감싸야 한다는
뜻은 아니다.
사랑은 상처를 덮는
붕대가 아니다.

휴 엘리엇

떼었다
붙였다
작은 상처도 내지않는
포스트잇 같은
사람이고 싶었어요

사랑은

아름다운 여자를 만나서부터

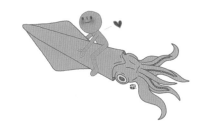

그녀가 처럼 생겼음을

발견하기까지의

즐거운 시간이다.

본 배리모어

언제나 같은 시각에
찾아와주면 좋겠어.
만약 네가 오후 4시에 온다면
내 마음은 3시부터 설레기 시작할 거야.

그리고 시간이 지날수록
더욱 기다려지겠지.
그러다가 4시가 되면 흥분해서
안절부절 못할 만큼 행복할거야.

생텍쥐페리, 〈어린왕자〉 중

너한테 사람은 영원히 함께 행복할 사람인가보다.

나한테 사랑은 함께 불행해도 좋을 사람.

LOVE

드라마 〈아일랜드〉 중

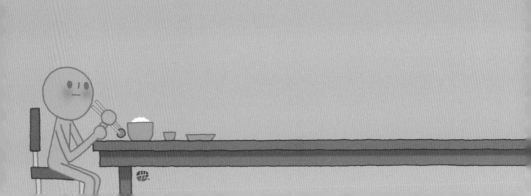

어쩌면
사랑은 대단한 게 아니라
변함없이 의자에 앉아
함께 저녁밥을 먹는 게
아닐까——?

이우성, 〈로맨틱 한시〉 중

다른 사람을
지나치게
걱정하고 있는 것

나는 그것을
사랑이라고
불러. 곰돌이푸우

가을,

그리움이란 향기

love.

끊어질 듯 간신히
끊어지지 않고 들려오는
너의 소식이 내 삶의
이유였던 때가 있다.

누 군 가 의

사 랑 을

얻기 위해

그 사람의

기대에 맞는

삶이 되려고

하 지   말 며,

그 사람의

기대에 맞는

사람이 될 수 없다고

자 신 을

나무라지도 마라.

류가미, 〈라디오〉 중

나가 당신을 그리워하는 것은
까닭이 없는 것이 아닙니다.
다른 사람들은 나의 미소만을 사랑하지만,
당신은 나의 눈물도 사랑하는 까닭입니다.

한용운, 〈사랑하는 까닭〉 중

사실 나는 본래의 나 자신보다
너의 눈에 비친 내가 좋았다.
너는 언제나 나를 좋게 봐주었다.
좋게만 봐주었다.
너의 눈에 비친 건
실제의 나보다
더 예쁜 사람이었다.
언제나 말이다.
네가 좋아서 나는
정말로 멋진 사람이 되고 싶었다.

정현주, 《거기, 우리가 있었다》 중

이 세상에서

누군가를 진정으로 사랑한다는 것은,

어쩌면 그 사람의 서랍 속 먼지 낀

시간의 흔적들과 꿈, 사랑,

추억의 잡동사니들까지

함께 소중히 여기고

또 이해해주는 일이 아닐까.

임철우, 〈등대 아래서 휘파람〉 중

진정한 지옥은
내가 이 별에 왔는데
약속한 사람이
끝내 오지 않는 것이다.
사랑한다고, 그립다고
말할 수 있는 사람이
존재하지 않는 것이다.

류근, 〈상처적 체질〉 중

love.

사 랑 을 잃 고 나 는 쓰 네

잘 있거라, 짧았던 밤들아

창밖을 떠돌던 겨울 안개들아

아무것도 모르던 촛불들아, 잘 있거라

공포를 기다리던 흰 종이들아

망설임을 대신하던 눈물들아

잘 있거라, 더 이상 내 것이 아닌 열망들아

장님처럼 나 이제 더듬거리며 문을 잠그네

가엾은 내 사랑 빈집에 갇혔네

기형도, 〈빈집〉 중

+ PARK KWANG SOO

200자 원고지 몇 칸에
'이제 다 잊었다'라고 쓰니,
비어 있는 원고지의 네모 칸마다
당신이 고개를 들이밀어 나를 쳐다보고 있다.

당신이 고개 들이밀지 못하게
비어 있는 원고지의
칸을 막는다.

오늘　밤도　　　　　　　　　　　네　생각을

천 장 에   늘 어 놓 다 가

한   조각도   수습하지   못하고

너로   나를   덮은 채   선잠을   청한다.

이애경, 〈눈물을 그치는 타이밍〉

- 어머! 그럼 별들도 결혼을 하나요?

- 물론이죠, 아가씨.

그 결혼이라는 게 어떤 것인지를 이야기해주려고 하고 있을 때, 무엇인가 싸늘하고
부드러운 것이 살며시 내 어깨를 누르는 것 같았다. 그것은 졸음을 참지 못하고
어느새 잠든 스테파네트 아가씨의 머리였다. 리본과 레이스와 구불구불한
머리카락을 앙증스럽게 비벼대며 내 어깨에 머리를 가만히 기대온 것이었다. (…)

이따금 이런 생각이 내 머리를 스치곤 했다. 저 수많은 별들 중에서 가장 아름답게
빛나는 별 하나가 그만 길을 잃고 헤매다가 지친 나머지, 내 어깨에 고이 잠들어
있노라고…….

알퐁스 도데, 〈별〉 중

사랑이 어떻게 오는지
나 는 잊 었 다 .

어느날 당신이 내 앞에 나타나

최영미, 〈어느새〉 중

고양이는
한 사람을 감당하기
힘들정도로 사랑한다.
하지만 그들은
너무나 지혜롭기 때문에
그것을 밖으로 드러내지 않는다.

메리 E. 윌킨스 프리맨

love.

당신의 이름은
흰 공간 속에서 떨다 죽는다.
선명하게 죽어 있는 당신,
종이 위에 매장된 기억.
사 랑 한 다 -
말하고 따귀 맞고 싶다.

박연준, 〈연애편지2〉 중

+ PARK KWANG SOO

사랑.

사랑에 관해서

하고 싶은 말이

참 많았어요,

라고 썼다가 지운다.

love.

너와 나
사이에 섬 하나.
너와 나
사이에 떠 있는
외로운 섬
하나.

외로워서
시작한 사랑은
결국
자유롭고
싶어서
끝나게 된다.

김재식, 〈사랑할 때 알아야 할 것들〉 중

love

결말이 따뜻한 한 편의 소설 속
너와 내가 주인공이길 바랐지만

너의 행복과 슬픔,
그리고 일생을 읽는 동안
나는 등장하지 않았고,

마지막 장을 덮을 때까지
지문에 눈물만 묻혀가며
말없이 페이지를 넘길 뿐이었다.

소설 속 나의 이름은 고작
'너를 앓으며 사랑했던 소년 1'이었다.

서덕준, 〈등장인물〉 중

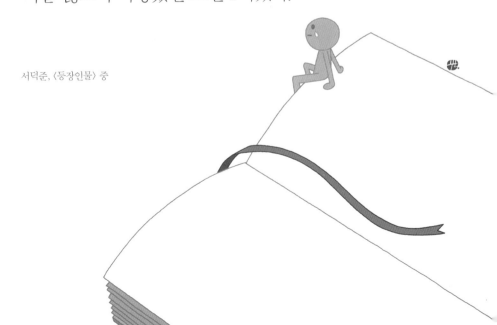

아주 먼 훗날에라도
우연히 당신을 만난다면
이 말만은 꼭 해주고 싶었어.

고마워 당신을 보내고,
나는 이렇게 살아남았어.

황경신, 〈어느 특별한 날씨에 대한 기록〉 중

+ PARK KWANG SOO

처음부터 큰 각오 없이는
열지 말아야 하는 뚜껑이 있다.
인터넷 최저가로 9,025원에 파는
473㎖ 하겐다즈 커피 맛 아이스크림.
뚱뚱한 나의 다이어트에 최대의 적이자
악마의 맛을 지녀서 조그만 커피 티스푼으로
세 입만 먹겠다는 다짐은 온데간데없이
휴가철 통장 잔액마냥 금세 바닥을 드러낸다.

다짐하고 또 다짐하고
억만 번을 다짐한다 해도
어차피 지켜지지 않을 약속이었기에
그 뚜껑을 열 때는 '끝까지 간다.'라는
마음 없이는 열어서는 안 된다.

나는 오늘
'하겐다즈'라고 쓰고
'사랑'이라고 읽는다.

나는 궁금했다.
어째서 우리는
만날 때보다 헤어질 때
더 큰 확신을 가져야만 하는가?
왜 늘 먼 훗날의 일들을 걱정한 나머지,
지금 외로운 서로의 손을
더 오래 잡아주지 못하는가?

이응준, 〈느릅나무 아래 숨긴 천국〉 중

괜찮다는
거짓말로 스스로를
속여본다.

그렇다.
괜찮을 것이다.
지금은 괜찮지 않지만,
그리고 한동안은 괜찮지 않겠지만,
언젠가는 괜찮아질 것이다.

팀 보울러, 〈리버보이〉 중

사람 그리워

당신을 품에 안았더니

당신의 심장은

나의 오른쪽 가슴에서 뛰고

끝내 심장을 포갤 수 없는

우리 선천성 그리움이여

함민복, 〈눈물은 왜 짠가〉 중

+ PARK KWANG SOO

할 일 없이 TV의 채널을 이리저리 돌리다가 내가 애정하고 존경하는 연기자
김혜자 선생님의 일상의 모습을 담은 다큐멘터리에서 채널이 멈추어졌다.
연기 할 때 그녀의 눈빛은 글이나 말로는 형용하여 설명할 수 없는 묘한
느낌을 주는 데 반해, 다큐멘터리에 나온 TV 밖의 그녀는 이제 막 고등학교에
입학한 딱 그 시절의 꿈 많은 소녀였다. 아침을 거른 촬영 팀을 걱정하며
인터뷰하다 말고 불쑥 일어나 다른 방으로 건너가 바나나를 들고나오며 자신의
손으로 반을 잘라 "드실래요?"라고 묻는다. '괜찮다'는 촬영 팀의 의사를
확인하곤 건너려던 바나나 반쪽을 무심한 표정으로 자신의 입안으로 털어 넣고
남은 바나나의 껍질을 마저 까면서 순간 빙긋 웃는 표정으로 바꾸어 말한다.

"바나나는 참 무방비예요.
얘는 이렇게 스윽 까면 자신이 드러나요.
칼도 필요 없어요."

생각해보니 그 시절의 내가 그랬다.
칼도 필요 없었고 스윽 까면
당신 앞에 자신을 내 감정을
온전히 드러내던 나였다.

그녀가 무방비라고 말했던 바나나와
그 시절의 나는 참 닮아있었다.

나는
이제 너
없어도 너를
좋아할 수
있다.

사랑하는 마음
내게 있어도
사랑한다는 말
차마 건네지 못하고 삽니다
사랑한다는 그 말 끝까지
감당할 수 없기 때문
...

사랑하는 마음을
아끼며 삽니다
모진 마음을
달래며 삽니다
될수록 외롭고 슬픈 마음을
숨기며 삽니다.

나태주, 〈사랑하는 마음 내게 있어도〉 중

너에게 뿌리를 내리고,
봄날의 초목처럼
아름다워지고 싶었다.
단지, 그게 다였다.
봄은 없었다.

강선호, 〈겨우내 죽음〉 중

＋ PARK KWANG SOO

1○○ - 1 = ○

그런 날이 있었다.
난 참 많이 가진 사람이라고 생각했는데
내 삶에서 당신을 빼고 나니
난 아무것도 가진 게 없더라.
그때 당신이 내 삶의 전부인 걸 알았다.

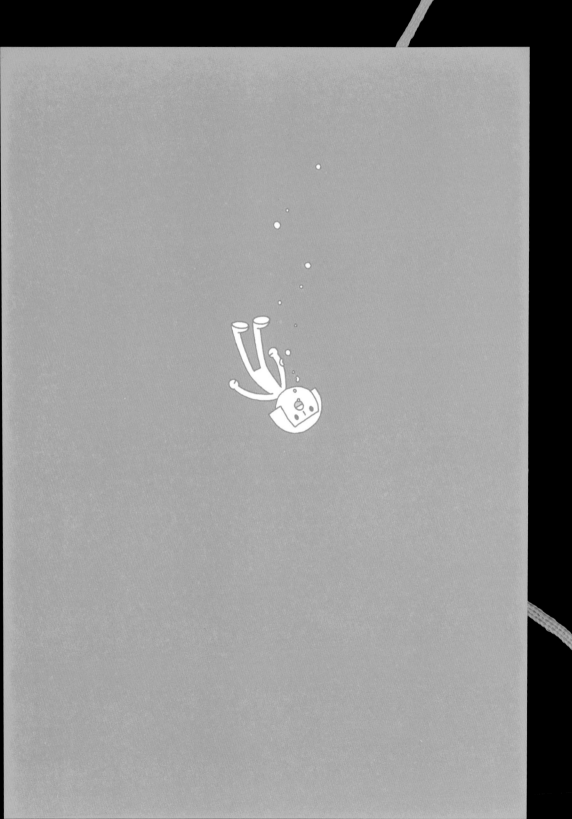

그 여자에게 상처란
물속에 빠진 것과 같다.
상처의 깊이를 모르는 구경꾼들은
왜 빠져나오지 못하냐고 충고한다.
타인의 상처에 무례한 사람들이 너무 많다.
그 여자는 그런 공허한 말을 듣고 싶지 않았다.

드라마 〈이웃집 꽃미남〉 중

love.

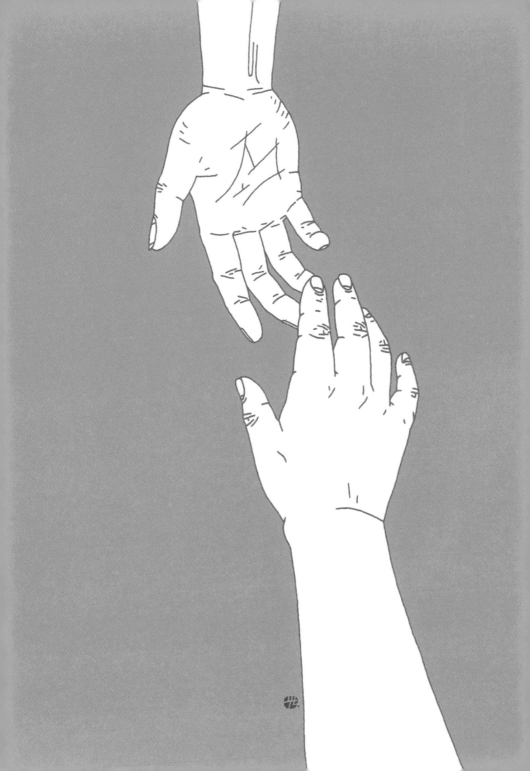

당신의 손을 잡는 순간

시간은 체온 같았다

오른손과 왼손의 온도가

달라지는 것이 느껴졌다

손을 놓았다

가장 잘한 일과

가장 후회되는 일은

다르지 않았다

장승리, 〈제온〉

안녕.
아름다운 동화에서
한 페이지를 찢어냈는데도
이야기가 연결되는 느낌으로,
그렇게 살아갈게.

이장욱, 〈우리 모두의 정귀보〉 중

love.

우리의 사랑을 생각하면 나는 아직도 후회합니다.

그녀의 눈에 비친 눈물을 보았을 때,

내 입 속에선 미안하다는 말이 맴돌고 있었습니다.

그녀가 자존심 때문에 차가운 말을 내뱉고

눈물 닦는 걸 보았을 때

내 입술은 침묵을 지키고 말았습니다.

나는 나의 길을 갔고,

그녀는 그녀의 길을 갔습니다.

하지만 지난날 우리의 사랑을 생각할 때면

나는 아직도 후회를 하고 있답니다.

'왜 그때 나는 아무 말도 못했을까?'

그녀도 후회하고 있을 것입니다.

'왜 그때 나는 울지 않았을까?'

구스타보 베케르, 〈그때 왜 나는 아무말도 못했을까〉 중

죽은   사람의   물건을

버리고   나면

보낼   수   있다.

죽지   않았으면

죽었다고 생각하면 된다.

나를 내다 버리고 오는

사람의   마음도

이해할   것만   같다.

강성은, 〈기일〉 중

사랑했던 것 같아.

달리 할말은 없어.

박연준, 〈소란〉 중

love.

한때
내가
가장 잘 알았던 사람.
하지만
이제는 잘 모르는 사람,
그때.

love

이바나, 《지한_그리워요_그리워요》중

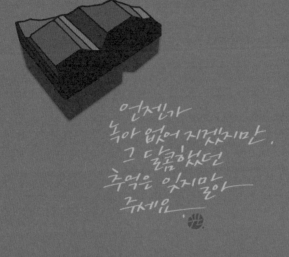

언젠가
녹아 없어지겠지만.
그 달콤했던
추억은 잊지말아
주세요.

사랑은 두 사람이 필요하지만,
기억은 혼자라도 상관없다.
사랑이 지나가고 나면
우리가 덧정을 쏟을 곳은 기억 뿐이다.

김연수, 〈사랑이라니 선영아〉 중

당신을
달콤하지 않을 만큼
사랑할 거예요.
이게 다예요.

마르그리트 뒤라스, 〈이게 다예요〉 중

+ PARK KWANG SOO

연극을 하는 사람들 사이에서는
이런 말이 있다고 한다.

'하찮은 배우는 있어도, 하찮은 배역은 없다.'

내 생의 이번 배역은
당신을 사랑하는 일이다.

LOVE 사랑, 사랑, 사랑 Love

겨울,
또다시 봄을 기다리며

ove ♥, Je t'aimlle, 러브, 사랑

눈이 오신다고
잠이 깰까봐
전화대신 이렇게
메일로 보낸다고

눈길 속을 소리 없이 왔다 간
네 발자국 때문에
새벽 꿈이 그리
뽀드득거렸다.

고두현, 〈간밤에〉 중

요구하지 않는 사랑.

이것이 우리 영혼의 가장 고귀하고

가장 바람직한 경지이다.

헤르만 헤세

+ PARK KWANG SOO

그냥

당신이 생각났어요.

오늘 또 그냥.

"사랑했던 거 맞죠?"

———————————————

"네"

"그런데 사랑이 식었죠?"

"네"

허연, 〈장미의 나날〉 중

안 녕 하 세 요 .

가늠할 수 없는 안부들을 여쭙니다.

잘   지 내 시 는 지 요 .

안녕하고 물으면 안녕하고 대답하는

소소한 걱정들과

다시 안녕하고 돌아선 뒤 묻지 못하는

안부 너머에 있는 안부들까지 모두,

안 녕 하 시 길   바 랍 니 다 .

김애란, 〈달려라 아비〉

사랑_은

애원도 요구도 안 된다.

사랑은

사랑이

반드시 이루어질 것이라는 확신에

도달할 수 있는 신념과 용기,

열정이 있어야 가능하다.

이때 비로소 끌리는 동시에

끌어당기기 시작한다.

헤르만 헤세

사랑은 지배하는 것이 아니다

자위를 주는 것이다. 에리히 프롬

LOVE

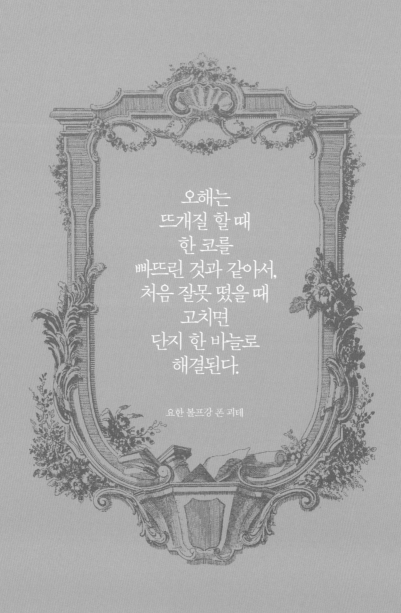

오해는
뜨개질 할 때
한 코를
빠뜨린 것과 같아서,
처음 잘못 떴을 때
고치면
단지 한 바늘로
해결된다.

요한 볼프강 폰 괴테

어린 시절 덧셈과 뺄셈을 간신히 배우고
그다음의 진도를 나가며 더 어려운 공식을
배워 나갈 때마다 나는 의문을 가졌다.
'지금 배우는 것들을 후일 쓸 일이 있을까?'
시간이 지나 어른이 되고 보니 덧셈과 뺄셈 외에는
인생을 살아가면서 별로 소용없는 것들이었다.
수학공학자가 아닌 바에야 사람과 사람이 만나
더도 덜도 없이 딱 덧셈과 뺄셈만이 필요했다.

함께 인생의 길을 가는 사람이 조금 모자라면
그 시절 배운 덧셈으로 모자란 부분은 채워주고,
상대가 미울 때는 뺄셈으로 내 미움을 조금 빼면
되는 일이었다. 덧셈과 뺄셈 외에 어려운 공식들은
'심플한 삶'에 무가치하며 필요치 않았다.

채워주고 덜어내고
사람이 사는 일은 오직
그 정도뿐이다.

LOVE

한 구절 쓰면

한 구절 와서 읽는 그대,

그래서 이 편지는 한 번도 부치지 않는다.

김남조, 〈편지〉 중

외로운 사람들은 어디론가 사라져서
해마다 첫눈으로 내리고
새벽보다 깊은 새벽 섬 기슭에 앉아
오늘도 그대를 사랑하는 일보다
기다리는 일이 더 행복하였습니다.

정호승, 〈또 기다리는 편지〉 중

LOVE

오늘밤의 목표는
아무도 그리워하지 않는 것

이장욱, 〈로코코식 실내〉 중

+ PARK KWANG SOO

아주 아주 오래전 누군가가
또 다른 누군가를 너무 사랑해서
그 마음을 땅에 묻고 흙으로 덮었다.
땅에 묻고 시간이 지나면
뜨거웠던 그 마음도 결국에는 차갑게 식고
조금씩 잊힐 것으로 생각했지만
땅에 묻은 그 마음이 너무 뜨거워
그 사람이 다시 생각이 날 때마다
뜨거운 마음이 불기둥을 이루며
하늘로 분출되었고, 지금의 우리들은
그러한 현상을 '화산'이라 불렀다.

끝도 알 수 없는 깊은 구덩이에 넣고
아무도 알 수 없게 흙으로 덮고 또 덮어도
그 사람이 그리울 때마다 들썩이며 분출하는 화산,
그 화산의 다른 이름을 우리는 '사랑'이라 부른다.

" 네가 있는 곳에서
다른 사람이 오기를
기다릴 수만은 없어.

때로 네가
그들에게
가야해."

곰돌이푸

사람들은 작은 상처는
오래 간직하고,
큰 은혜는 얼른 망각해 버린다.
상처는 꼭 받아야 할
빚이라고 생각하고,
은혜는 꼭 돌려 주지 않아도 될
빚이라고 생각하기 때문이다.
대부분의 사람은
인생의 장부책 계산을
그렇게 한다.

양귀자, 〈모순〉 중

+ PARK KWANG SOO

줄 때도 그렇고
받을 때도 그렇고
마음이란 것은 내 것이지만
내 마음대로 되지 않는 것이다.

줄 때는 다시 거둬들이면
된다고 생각했고
받을 때는 다시 돌려주면
된다고 생각한 그 허술한 마음이
끝내 마음을 아프게 하는 것이다.

L O V E

집에 밥이 있어도 나는
아내 없으면 밥을 먹지 않는 사람
내가 데려다 주지 않으면 아내는
서울 딸네 집에도 가지 못하는 사람
우리는 이렇게 함께 살면서
반편이 인간으로 완성되고 말았다.

나태주, 〈완성〉

LOVE

목을 움츠리고 그는 다시 무덤을 본다.

세상엔 무덤이 있다.

그는 다시 무덤을 본다. 그는 살아있기 때문이다.

어머니는 돌아가시고 그는 살아있다.

어머니는 무덤 속에 누워있고, 그는 어머니 곁에 서 있다.

아직도 그는 어머니 곁에 서 있다.

어머니는 마당에 앉아 빨래를 하고,

그는 학교에서 돌아와 어머니 곁에 서 있다.

어머니 곁에서 어머니 얼굴을 바라본다.

배고프지?

여름 오후 마당에는 채송화가 피어 있고,

어머니는 계속 빨래를 하신다.

그는 어머니 곁에 서 있다.

왜냐하면 그는 어머니 곁에 서 있기 때문이다.

이승훈, 〈어머니의 무덤〉 중

+ PARK KWANG SOO

3년은 집에서,
또 3년은 요양병원에서
그렇게 6년째 치매를 앓고 계시는
우리 엄마를 걱정한답시고
후배가 내게 말을 건넨다.
"엄마가 기억을 다 잃으셔서 어떻게 해요?"
난 후배에게 대답 대신 엷은 미소만 지어 보였지만,
엄마와의 추억을
내가 사는 동안
나만 잊지 않는다면
엄마의 기억은 반쪽은 살아 있는 거야.
추억이나 기억은 혼자만의 것이 아니니까.
그러니 엄마는 기억을 다
잃으신 건 아니야.

결국 젖게 하는 사람은
한때 비를 가려주었던 사람이다.
삶에 물기를 원했지만 이토록
많은 물은 아니었다.

이규리, 〈많은 물〉 중

"... 자식은 가슴에 묻는다며?
근데 엄마는 안 그런 거 같아.
그날 다 흘려보낸 것 같아."

"가슴에 묻어? 못 묻어.
콘크리트를 콸콸 쏟아붓고,
그 위에 철물을 부어 굳혀도 안 묻혀.
묻어도, 묻어도, 바락바락 기어 나오는 게 자식이야.
미안해서 못 묻고,
불쌍해서 못 묻고,
원통해서 못 묻어."

김려령, 〈우아한 거짓말〉 중

+ PARK KWANG SOO

엄마는 치매로
아부지도 잊고
자신의 목숨보다 더 사랑한다던
자식새끼들도 다 잊으셨다.
전라남도 장동면 장동 국민핵교에서
달리기를 제일 잘하셨던 엄마는
자신의 고향도, 매일 누군가에게서 불리던
이.정.금. 이란 자신의 이름도 잊으셨다.
그렇게 다
그렇게 전부
잊으셨다.

그렇게 다
그렇게 전부
그렇게 모두 잊으신다면
혹시 세상을 떠나시는 것도
잊으셔서 불사의 몸으로
내 곁을 지켜주지 않으실까 기대를 해본다.

그렇다면 우리 엄마 다 잊으시라.
남김없이 깨끗이.

LOVE

강물이 왜 저 혼자 맴돌다 맴돌다

저리 멀리 길을 외돌아 왔는지를

왜 그 자리에서 그리 오래

멍청히 누군가를 기다리고 있었는지를

이제야 알게 되었다.

강물도 마음이 있고

생각이 깊다는 것을

구이람, 〈이제야 알았다〉 중

+ PARK KWANG SOO

사람들은 자신이
모르거나 이해할 수 없는
것들에 대해 '이상하다'고 말해.

나에게 일어난
기적을 그들은 모르지.
기적을 겪어보지 못한 사람은
이상한 일로 가득 찬 세상이야.

그들은 꽃잎에 맺힌
이슬이 얼마나 아름다운지
매일 건물 사이로 저무는
붉은 해가 얼마나 눈물겹게
아름다운지를 알지 못하지.

기적을 겪어 본 사람은 알아.
세상이 얼마나 아름다운지를.

" 강은 알고 있어.
서두르지 않아도

언젠가는
도착하게
되리란 걸."

곰돌이푸우

深淵

사람들 하나하나는 우주를 품어 안은 심연이다.

사랑이란 그 심연에 대한 이해와 숙고의 과정이다.

장석주, 〈고독의 권유〉 중

LOVE

理 解　　熟 考

똥 빼고
머리 떼고
먹을 것 하나 없는
잔멸치
누르면
아무데서나
물 나오는 친수성
너무 오랫동안
슬픔을 자초한 죄
뼈째 다 먹을 수 있는
사랑이
어디 흔하랴

김경미, 〈멸치의 사랑〉 중

사랑하고 사랑받는 것을
당연하게 여기며,
때로는 누구보다도 상처주고
상처받는 나를 꼭 닮은 타인이
바로 가족이다.

LOVE

김별아, 〈죽도록 사랑해도 괜찮아〉 중

창을 열자
얼어붙은 물의 결정들이
온통 달려듭니다.
조금 더 차가웠다면
새하얀 눈송이였을 것을,
조금 덜 차가웠다면
투명한 빗방울이었을 것을.
이것도 저것도 되지 못한 채
망연한 망설임으로
길을 잃은 것들입니다.
세상은 이렇게
되지 못한 것 투성이입니다.
내가 여태 당신의
꽃도 열매도
되지 못한 것처럼.

황경신, 〈나는 토끼처럼 귀를 기울이고 당신을 들었다〉 중

내 노력은 늘
300원쯤이 부족해.
이만하면 될 텐데,
이쯤이면 될 텐데,
이 정도면 감복해야 하는데,
이만큼이면 날 사랑해야 하는데.

내가 아무리 노력해도 안 된다며
결국 포기하고 돌아서는 사랑 앞에서
그 시절의 나는 더 노력해야 내 사랑이
바람대로 이루어진다는 것을 몰랐다.

음료수 자판기 앞에서 500원짜리
동전을 넣고 800원짜리 음료수 버튼에
초록 불이 들어오기를 바라는 바보 같은
사랑을 혼자 내내 하고 있었다.

포기하고 뒤돌아 가는 내 주머니에서
짤랑거리며 100원짜리 동전 3개가
서로 부딪치며 소리를 낸다.

LOVE

세상은
한 권의
책이고,
그 책엔
네 이름만
적혀 있을때

이현호, 〈13월의 예감〉 중

+ PARK KWANG SOO

한 권의 책이 있고
그 책이 나라면,
나라는 책을 완독한 이는
우리 엄마밖에 없다.

나는 아직
엄마의 책을
완독하지 못했는데
엄마의 마지막 책장이
덮여 가고 있다.

손가락이 열 개인 것은
어머니 배 속에서
열달 은혜입나
기억하려는
태아의 노력 때문인지도 모릅니다.

함민복, 〈성선설〉

아버지의 눈에는
눈물이 보이지 않으나,
아버지가
마시는 술에는
항상 보이지 않는 눈물이
절반이다.

김현승, 〈아버지의 마음〉 중

볼 때마다 마음이 깊어져서 내가 그 사람을 보고 잘 웃지 않는다는 것을 알았다 나를 보고 웃지 않는 그 사람도 나를 보고 마음이 깊어져서일까?

용윤선, 〈울기 좋은 방〉 중

한때는
눈물로
얼룩졌던 날들이
나중에는
아름다운 이야기로
바뀌는 날이 온다.

김병태, 〈흔들리는 그대에게〉 중

나는 그늘이 없는 사람을 사랑하지 않는다
나는 그늘을 사랑하지 않는 사람을 사랑하지 않는다
나는 한 그루 나무의 그늘이 된 사람을 사랑한다
햇빛도 그늘이 있어야 맑고 눈이 부시다
나무 그늘에 앉아
나뭇잎 사이로 반짝이는 햇살을 바라보면
세상은 그 얼마나 아름다운가

나는 눈물이 없는 사람을 사랑하지 않는다
나는 눈물을 사랑하지 않는 사람을 사랑하지 않는다
나는 한 방울 눈물이 된 사람을 사랑한다
기쁨도 눈물이 없으면 기쁨이 아니다
사랑도 눈물 없는 사랑이 어디 있는가
나무 그늘에 앉아
다른 사람의 눈물을 닦아주는 사람의 모습은
그 얼마나 고요한 아름다움인가

정호승, 〈내가 사랑하는 사람〉 중

출처

작품 수록을 허락해주신 작가분들께 감사의 말씀을 드리며,
도움 주신 모든 출판사와 한국문예학술저작권협회에도 감사드립니다.

가고 오지 않는 사람 | 김남조
《김남조 시집》, 상아출판사, 1967

간밤에 | 고두현
《물미해안에서 보내는 편지》, 랜덤하우스코리아, 2005

거기, 우리가 있었다 | 정현주
《거기, 우리가 있었다》, 중앙북스, 2015

겨우내 죽음 | 강선호
《완연한 봄》, 부크크, 2016

계절에서 기다릴게 | 김민준
《계절에서 기다릴게》, 프로젝트A, 2015

고독의 권유 | 장석주
《고독의 권유》, 다산책방, 2012

그때 처음 알았다 | 정채봉
《너를 생각하는 것이 나의 일생이었지》, 현대문학, 2000

그믐, 또는 당신이 세계를 기억하는 방식 | 장강명
《그믐, 또는 당신이 세상을 기억하는 방식》, 문학동네, 2015

기일 | 강성은
《단지 조금 이상한》, 문학과지성사, 2013

나는 토끼처럼 귀를 기울이고 당신을 들었다 | 황경신
《나는 토끼처럼 귀를 기울이고 당신을 들었다》, 소담출판사, 2015

남편 | 문정희
《살아 있다는 것은》, 생각속의집, 2014

내가 사랑하는 사람 | 정호승
《내가 사랑하는 사람》, 열림원, 2014

너 | 나태주
《사랑이여 조그만 사랑이여》, 일지사, 1988

너를 본 순간 | 이승훈
《너를 본 순간》, 문학사상사, 1987

너에게 쓴다 | 천양희
《그리움은 돌아갈 자리가 없다》, 작가정신, 1998

눈물은 왜 짠가 | 함민복
《눈물은 왜 짠가》, 책이있는풍경, 2014

느릅나무 아래 숨긴 천국 | 이응준
《느릅나무 아래 숨긴 천국》, 시공사, 2013

박광수

사람과 세상을 향한 가슴 따뜻한 이야기를 담은 '광수생각'으로 평범한 사람들의 일상을 감동적으로 그려낸
대한민국 대표 만화가. ≪광수생각≫ 외에도 ≪참 서툰 사람들≫, ≪살면서 쉬웠던 날은 단 하루도 없었다≫,
≪어쩌면, 어쩌면, 어쩌면.≫, ≪광수 광수씨 광수놈≫, ≪나쁜 광수생각≫ 등의 책을 썼다.

LOVE

초판 1쇄 발행 2016년 11월 10일
초판 2쇄 발행 2016년 11월 21일

지은이 박광수
북디자인 & 글씨 이유미 @ MILLA ARIWAN

펴낸이 권기대
펴낸곳 도서출판 베가북스

총괄이사 배혜진
편집 최윤도
디자인 김혜연
마케팅 이상화, 이고은

출판 등록 2004년 9월 22일 제2015-000046호.
주 소 (07269) 서울시 영등포구 양산로3길 9. 201호
주문 및 문의 02)322-7241 **팩스** 02)322-7242
ISBN 979-11-86137-34-5 (03800)

홈페이지 www.vegabooks.co.kr
블로그 http://blog.naver.com/vegabooks.do
트위터 @VegaBooksCo **이메일** vegabooks@naver.com

제 작 JK Printing oneoff1004@hanmail.net

※ 이 도서의 국립중앙도서관 출판예정도서목록(CIP)은 서지정보유통지원시스템 홈페이지(http://seoji.nl.go.kr)와 국가자료공동목록시스템(http://www.nl.go.kr/kolisnet)에서
이용하실 수 있습니다. (CIP제어번호 : CIP2016025581)